EL PATIO DE MI CASA

Eric Pérez

A Dani, El Corneta,

que descubrió los primeros

encantamientos del patio.

A mi familia, porque esta es la historia

de cada uno de ellos.

Al Creador, de cuya palabra salieron las

cosas y los sueños.

La casa encontró a mi padre

Nuestra casa se componía a su antojo. Ella solita se pintaba de negro en el invierno, de verde en primavera, blanca y azul en el verano, amarillo y dorado en otoño. No permitía que le quitaran las telarañas, ni que le taparan las rendijas. En tiempo de calor el techo y los rincones soplaban aire fresco. Por el contrario, en la temporada invernal, la casa se acurrucaba con nosotros adentro, y esa tristeza de los días grises, se tornaba deliciosa. Era como si el mundo se volviera chiquito y todo estuviera al alcance de la mano.

Decían los más viejos del barrio, que una noche vieron la luna caminar por el terreno donde luego creció la casa. Los vecinos oyeron un gemir que subía desde el fondo de la tierra y al aclarar ya estaba ahí, vivita y coleando. Luego le salió el patio, en la parte de atrás, y un jardincito al frente, para dar la bienvenida.

Decían también que por las noches el techo conversaba con los cocuyos. Por lo que hablaban se supo que la casa quería ser habitada. Enseguida acudió mucha gente; pero nadie podía abrir la puerta. Algunos quisieron echarla abajo y fueron lanzados a la calle con un resoplido.

Al comienzo de la primavera mi padre pasó por allí y oyó que lo llamaban. Miró a todos lados y no vio a nadie. Iba a seguir su camino cuando nuevamente lo llamaron. La voz parecía salir de una casa escondida tras un algodonero frondoso, un granado y muchas flores. Mi padre subió los escalones. La fachada sonrió con un largo chirriar de la puerta y lo mandó entrar. Desde la cocina venía olor a café. El techo se inclinó hacia él y gruñó:

—Si eres el que esperábamos debes cantarle a las flores.

Mi papá pensó un momento y entonó estos versos:

Para cantar a las flores
Que tienen belleza tanta
Me perfumo la garganta
Y me visto de colores.

Sinsontes y ruiseñores

Me regalan su armonía

Y por saberla tan mía

Y estar apegado a ellas

Me llega, de las estrellas,

La flor hecha poesía.

Entonces el techo habló emocionado:

—¡Oye, en verdad eres poeta!

—La primavera vive en tu corazón —dijeron las paredes.

Papi volvió a inspirarse y otra vez empezó a cantar:

Yo desde pequeño fui

Tan apegado a las flores

Que en sus múltiples colores

Mil secretos aprendí.

Un sueño de colibrí

Me golpeaba en las ventanas

Y desde aquellas mañanas

De ramilletes y espigas

Las flores son mis amigas

Y mis mejores hermanas.

Hasta en la flor más sencilla

Hay belleza extraordinaria

Por ejemplo en la Vicaria

El Lirio y la Maravilla.

En la roja campanilla

De Lágrimas de cupido

Y en el bien reconocido

Aguinaldo navideño

Nos parece que hay un sueño

De panales escondido.

Al terminar estos versos la cobija aplaudía junto al entablado; todas las ventanas se abrieron de golpe, para que el patio y el jardín se asomaran. Desde la cocina, el colador lo invitó a servirse una jícara de café y le entregó, escrita en una corteza, la propiedad de la vivienda.

Mima

Antes de conocer a mi papá, mima revoloteaba por las arboledas y se sentía como la madre de todos los pichones. Los sacaba de los nidos si ya estaban emplumados, les acariciaba las cabecitas y les enseñaba a mover las alas.

Luego les soplaba los ojos, para que sintieran la invitación a remontar la altura. Así deambulaba hasta que la tarde empezaba a derrumbarse sobre el monte.

Un día mi padre la vio volar sobre la guardarraya, intentó cazarla y ella huyó con un bando de palomas. Mi papá regresó con jaulas de trampas; pero no consiguió que cayera en ninguna. Entonces se arrimó a un árbol, y sentado en la hierba empezó a cantar y a tejer lazos con sus versos; mima se posó en una rama bajita y se dejó atrapar. Mi papá le amarró un cordelito en el tobillo y la llevó empinada como un papalote hasta la casa.

La anunciación

Casi un año después de que mima y papi se casaron, recibieron una postal. No decía quién la enviaba; pero mi mamá sospechó que habían sido las paredes, o el techo de la casa. La tarjeta tenía dibujada una mujer barrigona. A su lado, y tomándole la mano, había un hombre con sombrero. Por el dorso estaba escrito:

Tendrán estos hijos: Júnior, el mayor, llenará los rincones con sus versos. Palín, el segundo, podrá oír a la hierba hablar; no obstante, hará el intento de construir un mundo sin rarezas. Después vendrá La Flaca, desesperada por mudar las cosas de un lugar a otro y hacerlas brillar. Luego El Corneta, que sentirá cómo el patio le entra por la piel. Seguido tendrán a Cora, para ver los seres que viven en el aire, y a Mercy, para chuparse el dedo y hacer flanes de calabaza. El perro canelo llegará por casualidad y se quedará para siempre.

Papi se rió al mirar el dibujo y le dijo a mi mamá:

—La caricatura se parece a ti; sin esa barriga, por supuesto.

Enseguida olvidó el asunto; en cambio, mi madre guardó la postal y a cada rato pensaba en ella, pues había descubierto que algo le crecía adentro. Pasaron unos meses y nació mi hermano mayor. Según la costumbre, debía llevar el nombre de papá; pero mima quiso llamarlo simplemente Júnior.

Un buen día empezó a colgar palabras en todas partes. Hacía largas ristras y las enganchaba en las soleras, en los cujes del techo, en los aleros, y hasta en las matas del patio. Cuando soplaba el viento la casa parecía un sonajero.

Después del primer hijo, mima y papi supieron que lo avisado en la postal se cumpliría, y así fue. Tal como estaba escrito, a Júnior le siguió Palín, capaz de oír voces hasta en las piedras. Luego vino La Flaca, que intentó hacer más bello lo que ya era totalmente bello. El Corneta, que quiso ser patio. Cora, que descubrió a los espíritus del aire. Y Mercy, que un buen día empezó a chuparse el dedo y aprendió a cocinar flanes de calabaza.

En la casa solo esperaban al perro canelo. Mis hermanos ya eran grandes. Y de pronto, mima se sintió muy mal y el vientre se le hinchó. Buscaron la postal y no hablaba de ningún otro hijo.

Los médicos decían que era una enfermedad incurable. Papi rondaba por los rincones, desconsolado. Júnior se quedó, por un tiempo, sin palabras que colgar en todas partes. Palín afirmó que el ombligo de mima decía algo, pero no conseguía entenderlo. El Corneta estaba convencido de que le crecía una mata adentro. Según él, en cualquier momento las ramas le brotarían por la nariz y las orejas. La Flaca encontraba muy indecente una barriga hinchada; así que se dedicó a coserle batas encubridoras. Para Mercy no podía ser otra cosa que un flan de calabaza trabado en una tripa. Cora se sentó en el patio y estuvo toda una tarde hablando sola; por la noche dijo:

—Es un bebé.

Pero ninguno le creyó.

Llegó el momento en que mima sintió que iba a morir, y entonces nací yo. Dicen que salí de ella envuelto en una flor. Papi lo achacaba a que el mes de mayo había despertado hacía poco a todos los capullos. Júnior me colgó en la cabeza una guirnalda de palabras tintineantes. Palín me acercaba una oreja para oír lo que decía mi corazón. La Flaca enseguida empezó a coser ropas y pañales. El Corneta vino a curarme el ombligo y me puso dos ramitas en cruz. Cora hablaba bajito y repetía:

—Lo dije. Los seres del aire nunca se equivocan.

Mercy me pasó la lengua por las plantas de los pies, para comprobar si yo era un niño de calabaza.

Luego empezaron a buscarme un nombre. Y resultó difícil, pues a ninguno se le ocurría nada. En eso llegó un vecino y murmuró:

—¡Ah, mírenlo bien!, es ñato.

Sirvió para que me dijeran El Ñato; pero mi papá cada vez que regresaba del campo se acercaba a mi cuna, acariciaba las pelusas blandas de mi cabeza y me decía enternecido:

—¡Ay, Cunene!

Y se me quedó ese nombre.

Rarezas en la casa

Las ánimas de los árboles habitaban en las tablas y horcones de las paredes, y el espíritu de la palma real vivía en la cobija. Los taburetes y la mesa estaban poseídos por seres de los montes. Debido a eso, por las noches las ropas andaban de un lado para otro, hablaban, y a veces se transformaban en animales. Quizá dentro de un escaparate eso no hubiera sucedido; pero no teníamos escaparates. Una madrugada desperté y vi un abrigo convertirse en oso. Era un abrigo de papá; estaba en un perchero a la entrada del cuarto, cerca de mi cama.

Empezó a mover las mangas; aunque no corría aire. De su color negro salió una cabeza enorme y felpuda. Se inclinaba para observarme. Yo abría disimuladamente los ojos, y él se echaba para atrás. Luego me hacía el dormido y de nuevo acercaba el hocico. Me daba miedo mirarlo, y más miedo cerrar los ojos, pues podía arrojarse sobre mí...

Mima y papi dormían en el mismo cuarto; su cama estaba pegada a la pared opuesta. ¿Por qué no despertarán? —me impacientaban mis pensamientos—, ¿no se dan cuenta de que esa fiera está ahí, a punto de atacar? Pero no me atrevía a llamarlos. Al más leve sonido el oso ya no esperaría más. ¿Cómo era posible que no se hubiera decidido aún? Me tapé hasta la nariz.

¿Cuánto más podía resistir aquella situación? Me sentí cansado, incapaz de no empezar a dar gritos sin importarme que el animal me comiera.

Como si hubiera escuchado mis pensamientos, el oso alargó sus zarpas; casi me tocaba la cara. Sentí el calor de su cuerpo peludo. Me encogí y esperé a que las garras se hundieran en mis párpados y me abrieran las mejillas.

Por suerte el amanecer llegó en ese momento. Al ver los primeros clarores, el grandote volvió a ser un abrigo. Entonces mima y papi se levantaron; aunque ya no hacía falta, el peligro había pasado.

El patio tenía cosquillas

Nuestro patio era muy cosquilloso. Al caminar sobre él uno sentía su estremecimiento. Y al abrir un huequito para sembrar una mata llegaban al colmo sus sacudidas. No era que se pusiera bravo, no. Ese patio no se molestaba por nada. No obstante, sus pequeños terremotos podían ser peligrosos.

Trajimos a un campesino entrado en años, con polainas y machete al cinto, de esos que solo se quitan el sombrero para rascarse la cabeza. Precisamente, eso fue lo que hizo después de recorrer el patio recogiendo aquí y allá una hierba, un poco de tierra...: alzó el sombrero, se rascó y echó un suspiro.

—No puedo hacer nada por él —nos dijo.

—¿Por qué? ¿Es incurable lo que tiene? —se asustó mima.

—No lo sé; pero sea lo que sea, no es arriba, en la parte que yo conozco. Su problema es abajo. Tienen que buscar a un pocero.

Buscamos al pocero. Este no se rascó ni echó suspiros. Más bien se dio importancia. Recorrió el terreno con dos varitas, una en cada mano, apuntando al frente; donde las varitas se inclinaron hacia la tierra, allí ordenó que abriéramos un pozo.

Desde el primer picazo empezaron los brincos que nos lanzaban al aire como si estuviéramos sobre un caballo cerrero.

—El agua retoza debajo de su piel —dijo el pocero—.

Seguimos cavando y al fin saltó un chorro de colores con muchos deseos de correr y abrazarse a todo. Se armó un escándalo de flores y chirriar de insectos. Después el patio estuvo tranquilo, y el pozo sirvió para curar la tristeza: bastaba asomarse y verse la cara en el fondo; aunque, si el pesar era muy grande, había que tomarse un jarrito de aquel líquido. Entonces ni se acordaba uno de los males.

Patio con llama de pájaros

Como les contaba, hubo un chorro de alegría, un alboroto de flores y un chirriar de insectos; sin embargo, no se oyó a ningún pájaro en ese momento, y no podíamos oírlos, porque no había pájaros; ellos vinieron después.

Aquel patio, pobrecito, no conocía las aves. Es decir, las conocía; pero de lejos, porque ellas no volaban en su trozo de cielo, ni anidaban en sus árboles. Como consecuencia empezó a estrujarse y ponerse de mal color; a pesar de que lo empapábamos con el agua de su pozo de alegría. No nos dimos cuenta de que era por falta de pájaros. Nosotros buscábamos la causa de su decadencia en la hierba, debajo las piedras...

Como era un asunto de vida o muerte, acudimos a un patiero: el más alto especialista en esa materia. Llegó apurado y le tomó el pulso.

—Está muy débil —dijo.

Luego lo auscultó detenidamente...

—Parece mal de amores, cosa muy común en los patios jóvenes. No va a morir por eso; pero seguirá flaco y pálido por un tiempo.

En la vigilancia de los supuestos amoríos descubrimos la falta de aves y a un espantapájaros que vivía sobre la cerca. Tenía una mueca desdentada y burlona; sus brazos se sacudían amenazantes.

—Ese es el causante de los padecimientos —dijo mima—.

—Hay que bajarlo de ahí —ordenó papi.

La cerca era de alambre de púas. El espantapájaros estaba encaramado en una estaca muy alta. Palín y yo, recostamos una escalera; El Corneta subió, se estiró, y..., el espantajo echó a andar sobre el alambre de arriba como un equilibrista. En la esquina se viró para sacarnos la lengua. Allá corrimos, y él siguió huyendo por las púas.

Mercy propuso llevarnos el patio a otro lugar. Pero había nacido allí, con seguridad quería vivir en el mismo sitio hasta el final de sus días. Júnior sugirió llevar pájaros enjaulados, y entonces... moriríamos nosotros de pena. La Flaca aconsejó comprar pajaritos de barro y colgarlos en las ramas... aunque, el espantapájaros los ahuyentaría también. Palín quiso poner trampas para el cabeza de trapo...

—No caerá en ninguna —aseguró mi papá, y levantó el índice—. Haremos lo único que puede vencerlo: un llamapájaros.

De inmediato clavamos una estaca en el suelo, pusimos otra en cruz para los brazos, y las forramos con bejucos de cundeamor y de campanillas que tintineaban: *ven, ven, ven.* Luego le colocamos un sombrero al revés, como un nido. Le pintamos una sonrisa y colgamos vasijas con agua y alpiste.

Al otro día no se podía contar con los dedos, ni con los ojos, la cantidad de pajaritos reunidos. Enseguida se notó la mejoría. Los colores volvieron al patio. En la cerca del fondo, sobre el alambre de púas, el espantapájaros en vez de una mueca burlona, tenía una de asombro.

Versos de yarey

En el sombrero de papi vivían algunos versos que no querían irse de allí. Parecían manchas en la vieja copa de yarey. A veces mi padre los sacudía y se estiraban hasta perderse de vista, se ponían carmelitas y terminaban por convertirse en tres surcos derechitos, llenos de hermosos terrones.

Mientras estaban así, papi los miraba, esperanzado en encontrar el asomo de alguna plantita. Pero de los surcos salían grillos, lagartijas, caracoles, abejas y aguaceros que caían al revés y empapaban los celajes y el cielo.

En otras ocasiones los versos se descolgaban del sombrero y lucían como libélulos, o mariposos. Sus zumbidos hacían acrobacia sobre el patio, en las mejillas de la luz y el aire.

Luego se recogían otra vez en su cobija, vieja y manchada por el sudor, sin querer otra, como si desearan esperar allí a que el tiempo se quedara quieto para siempre.

El fracaso

A la Flaca no le parecía bien dejar al patio decidir dónde crecería un árbol, donde afloraría una piedra. Además, hallaba ridículo que los árboles estuvieran fijos, pues si uno se aburría de verlos en un sitio, no podía cambiarlos a otro.

Fue a una tienda a comprar macetas, tinajas, ranas y jicoteas de barro. Alquiló un camión para cargar todos los artículos. Luego le pareció poco y consiguió palanganas viejas y otros tiestos donde sembrar. Era una extravagancia, tratándose de un patio tan bien poblado. No tenía que pasar trabajo con tantas vasijas que debió llenar de tierra y encaramar en diferentes lugares.

Las plantas que vivían allí desde mucho tiempo atrás, empezaron a protestar, porque La Flaca colgaba los cacharros de sus gajos, o los clavaba en los troncos de los árboles, o asfixiaba el césped con las macetas más pesadas, las palanganas y las tinajas. Aquello parecía que iba a terminar en una guerra; sin embargo papi no nos dejó alarmarnos:

—No se preocupen —dijo. —Déjenla hacer cuanto quiera. Al fin lo natural se impone.

Las plantas sembradas en las vasijas reverdecieron gracias a los esmeros de mi hermana; mientras las otras se marchitaban por los disgustos. Por suerte esa situación no duró demasiado. Las raíces empezaron a empujar por las costillas o por el fondo de los recipientes y salieron al exterior. Los clavos y alambres de los que estaban colgados se oxidaron y los tiestos se vinieron abajo. Las ranas y jicoteas de barro se aburrieron de estar en la misma posición y al intentar moverse se rompieron. Pasaron algunos aguaceros y la hierba y las otras plantas que de antiguo vivían allí, se encargaron de cubrir con su verdor tanto desastre.

Después, el patio vino a estar más lleno de plantas que antes. Lo natural, al fin, se impuso, como dijo mi papá.

El poema para Ana María

Ana María llevaba lazos para atajar sus moños. Al verlos, mi forma de andar y de mover las manos me parecían torpes; no encontraba un camino para acercarme a ella. Al regresar de la escuela me iba a lo más alto del patio y empezaba a escribir un diario:

Tu pupila es verde como mi patio. A veces no sé si estoy en tu pupila o en mi patio. Son caminos iguales para atravesar la tarde; solo que, en mi patio no me faltan las palabras, me quedo flotando en el bejuco de calabaza, como la ropa tendida por mamá. La ropa crece, liviana, y mis manos se estiran hasta donde estás.

De mi familia Mercy era la única que sabía de mis amores, porque había visto el silencio amordazándome los labios ante los lazos de Ana María. Se reía de mis orejas coloradas y me amenazaba:

—Le voy a decir que estás enamorado.

Y yo me ponía furioso; me escondía sin otro remedio que seguir escribiendo. Alguna vez iba a demostrarle a Mercy que yo podía hablar con Ana María, que podía decirle, frente a frente, todo lo que había escrito en mi diario.

Así son tus pupilas y mi patio, ventanas para ver el mundo, cuando el sol le quita las sábanas de neblinas. El mundo parece ancho como tus pupilas, donde cabe un beso, o una fruta madura. Y tus pestañas son como los gajos de la mata de granada.

De pronto empecé a tener un apuro: ya casi no había espacio en el cuaderno. Bajé del patio juntando brincos, salí a la calle; pero solo encontré una borrasca que arrastraba polvo y hojas secas. La casa de Ana María estaba cerrada.

A la mañana siguiente, al entrar en la escuela, las palabras se me salían solas de la boca. En la plazoleta los muchachos corrían y las muchachas formaban grupos. Busqué los lazos de ella entre la multitud de pelos largos. Todavía no estaban. Luego llegaron saltando, zigzaguearon y se juntaron a otras cabezas sembradas de lazos y hebillas. Del susto las palabras se me fueron hacia atrás y por poco me ahogo. Mercy, que iba conmigo, se reía.

—Anda, saluda a tu novia con un beso — decía burlona.

Entré al aula silencioso, a esperar la tarde para romper el cuaderno con todas aquellas ilusiones. Sin embargo, mientras la maestra hablaba, aún escribí en los últimos renglones:

Tu pupila y mi patio, cuando abren, dan el viento y las nubes; hablan de la próxima cosecha de frutas y besos. A la felicidad le cuesta trabajo salirse de ellos. La noche les llega sin luna, que probablemente se queda tejiendo un pañuelo en su casa, o descansando; entonces tu pupila y mi patio se cierran con un candado de sonidos misteriosos, y la llave se la lleva un zunzún hasta el otro día.

Ponía el punto del fin cuando la maestra llegó a mi mesa con cartulinas y acuarelas. Luego me mandó sentar al lado de Ana María, porque yo estaba solo, y ella también. Nos dio instrucciones para una labor de artes plásticas:

—Hoy vamos a pintar. Traten de representar un mundo distinto con la pintura; busquen ese mundo en su imaginación.

A mí me costó trabajo mover las manos y embarrar el pincel donde mismo lo hacía ella. Me sentí bruto, como si fuera una chapucería cuanto yo hiciera o pensara. Ana María, en cambio, pintaba sin preocuparse de mi incomodidad. Pasó un rato y por fin dijo:

—¿No se te ocurre un mundo diferente? Si quieres te puedo dar una ideas.

Aquello fue suficiente para despertar de mi torpeza. Al vuelo empecé a pintar sus pupilas y mi patio. Fue como agarrar un crayoncito de arco iris. Estuve tan cerca de sus manos, de sus lazos, que hasta olvidé leerle el diario.

Patio en un bolsillo

Aquel día era tan limpio y ancho, que si uno abría la boca se llenaba de su transparencia hasta salirle por los poros. Tenía suficiente luz sobre las hojas, suficientes pájaros y la cantidad de viento necesaria para mecer el mundo deliciosamente. El patio era un temblar de mariposas; mima y papi, mis hermanos y yo, estábamos en la parte de atrás de la casa, disfrutando de cada pedacito de la tarde. Fue entonces cuando El Corneta trajo otro patio a la casa. Lo trajo, sin darse cuenta, en el bolsillo de la camisa. Yo vi la cabecita de una mata que sobresalía y le dije:

—Mira, tienes un patio en el bolsillo.

Él se puso a pensar cómo había llegado allí y murmuraba:

"Debió caer del cielo. Seguro una paloma llevaba una semilla de patio en el pico, se le soltó y cayó en mi camisa; luego el sudor la despertó y empezaron a brotar maticas."

Entonces acomodó el patiecito detrás de la casa, junto con el otro, para que vivieran como hermanos. Al principio le costó mucho trabajo, pues el patio viejo se puso celoso; pero él logró convencerlo de que no le robaría la lluvia, el aire, ni el cariño de nosotros; sino que lo compartirían todo, como si fueran uno solo.

El Corneta se convirtió en la mamá del patiecito. Le gustó tanto verlo crecer, que él mismo quiso ser un patio. Probó tragando semillas; pero solo consiguió un dolor de barriga. Dejó los zapatos al rocío durante varias noches, y al ponérselos, le salieron hongos en los pies. Les regaló pañuelos de encajes a las lagartijas para que le buscaran el secreto de ser patio, y nada. El Corneta empezó a arrugarse de tristeza. Vagaba entre los matorrales, lo contemplaba todo y suspiraba. Pensábamos que en cualquier momento soltaría la vida en uno de esos suspiros.

Una tarde se acostó debajo del árbol más grande y viejo que teníamos. El árbol, usando una espina, le pinchó un pulgar y le inyectó savia. De inmediato El Corneta sintió un cosquilleo en todo el cuerpo. Se llenó de brotes verdes. Echó a correr asustado; pero un aguacero lo detuvo. Desde entonces le crecieron arbustos, hierbas, piedras e insectos en la piel, y el viento se le enredaba en el follaje. Al verlo no se sabía si era un patio disfrazado de persona, o una persona disfrazada de patio.

No sé como sus piernas flacas podían cargar tanta hermosura. A veces me daba la impresión de que los pies se le iban a hundir en el suelo para aferrarse a las profundidades.

Palín, el ingeniero

Palín tenía la virtud de pegar la oreja a las cosas y escuchar las vocecitas que tenían por dentro. Así nos enterábamos si una tabla estaba enamorada de un horcón, o cual era el taburete preferido de la mesa, o si una ventana estaba celosa porque el techo piropeaba a la puerta.

Pero un día, Palín quiso dejar de ser así. Regresó una tarde con libros bajo el brazo; dijo que se haría electricista, pues la electricidad era mejor que los milagros. La noticia causó un silencio muy hondo en la casa. Más tarde oí a papi que hablaba con él:

—¿Vas a renunciar a todo lo que aprendiste de estas tablas y de ese guano que te cobija?

Y mi hermano respondió casi molesto:

—¿No se dan cuenta que el mundo allá afuera ha cambiado? Ya nadie vive en una choza como esta, que ni siquiera tiene luz eléctrica.

A partir de ese día mis hermanos se reunían y sus debates terminaban en griterías. Mima y papi se susurraban cosas en los rincones. Palín pasaba horas con sus libros o mirando la casa. Lo hacía muy seriamente; daba la impresión de que leía en las vigas y los horcones.

Con mucho esfuerzo y pocos ahorros hizo una casita en el patio. Una casita de cabeza picuda y ojos pequeños. No tenía rendijas y en su techo apenas se oía caer la lluvia. Palín la llenó de cables y lamparitas.

La casita tenía un aspecto triste, ni siquiera podía cambiar de colores como la nuestra. Su única alegría era un ponasí que vivía en una esquina, y, por si acaso no lo han visto, les aseguro que un ponasí es un enjambre de flores, abejas, mariposas, zunzunes…

El arbusto acercó sus ramas a ella, la cubrió con su sombra, sus pájaros, sus insectos. Hasta las horas y los minutos, a pesar de los castigos que se buscaban por no mantener el paso, se acurrucaban en aquella esquina, y el día pasaba lentamente; porque no había un rincón más hermoso en el mundo.

Los caracoles y las lagartijas, comentaban con entusiasmo que nunca habían disfrutado una sombra más tierna que la de aquel ponasí, ni habían visto unos besos más olorosos. Ningún habitante del patio ocultaba la posibilidad de que la casita estuviera embarazada del arbusto.

Entonces Palín descubrió el amorío y se puso a gritar:

—En mi casa no quiero rarezas.

En el arrebato cortó el ponasí y lo tiró junto a la cerca, en el fondo del patio. De pronto el cielo se nubló y crujió como si se hubiera astillado. Cayó un chaparrón y la tarde se retorció igual que una hoja seca.

Esa noche, después de acostarse, Palín oyó un ruido en las paredes; le pareció que un ejército de insectos correteaba por las tablas. Encendió las luces y el ruido cesó. Al poco rato sucedió otra vez. Mi hermano amaneció ojeroso; se fue por ahí, de mal humor. La casita estaba empapada de rocío, sobre todo debajo de sus ojos. Lucía igual que siempre; sin embargo, si uno observaba bien, se daba cuenta de una transparencia en la madera, de un vacío que venía de adentro.

Al mediodía Palín regresó, fue directo a su propiedad, empujó la puerta y todo se desmoronó: la casita quedó convertida en un montón de polvo, que las hormigas trasladaron, poco a poco, hasta la cerca del fondo.

El miedo

Una noche el patio se metió dentro de la casa. Escondió la cabeza bajo la cama de El Corneta; pero el cuerpo se le salía por todas las habitaciones y la cola quedó trabada en la puerta de atrás. Casi no cabíamos en la casa. Al buscar las chancletas, papi sintió la hierba y se dio un susto. Encendimos una chismosa y encontramos al patio tirado en el piso, tembloroso.

—Oye, tienes que irte para afuera —le dijimos—. Aquí no puedes dormir.

—Vamos a sacarlo entre todos —gritó Palín.

A mima le dio lástima:

—¡Ey, quédense quietos!

Nos mandó hacer silencio, le acarició el lomo y le acercó el oído. Después nos contó:

—Le tiene miedo a la noche. Dice que desde hace años no puede dormir. Ya no aguantaba más.

—Bueno, parece que nos hace falta un perro —oímos decir a papi, y enseguida le habló al patio—: Hoy puedes quedarte. Mañana temprano tienes que desocupar la casa.

Dormimos incómodos. Al otro día mi papá volvió con un perro canelo. Por la noche lo amarró junto a la puerta trasera; el perro olfateó la tierra y se echó. Un rato después de acostarnos oímos gritos de terror, seguidos de ladridos. Por la mañana el patio estaba demacrado y sin fuerzas para alegrarse con el nuevo día. Papi se disgustó mucho:

—¡Esto no dio resultado, me llevaré el perro!

Los ojos del canelo no tenían sombra de culpa. Yo lo abracé y le pedí al viejo que lo dejara en la casa. Los demás estuvieron de acuerdo. Entonces Palín volvió al tema del patio:

—Si el patio tiene miedo a la oscuridad, entonces dejémosle un farol encendido y se resuelve este asunto.

A todos nos pareció bien y colgamos un farol en la parte de atrás de la casa. A media noche ninguno de nosotros se había dormido. Estábamos atentos a lo que sucedía afuera. Entonces comenzaron otra vez los gritos y en seguida los ladridos.

Salimos y encontramos al patio encaramado en un almácigo. Papi se acercó al árbol y se descalzó una chancleta:

—Ahora mismo se le va a quitar el miedo.

Mima no lo dejó darle chancletazos:

—Yo me voy a quedar con él esta noche. Vayan ustedes adentro.

Al día siguiente nos reunimos en el comedor. Mercy preparó el desayuno, porque mamá estaba estropeada por dormir a la intemperie. El Corneta sugirió sembrar dormidera, para que el patio no se despertara en toda la noche. La dormidera se cierra al tocarla, y yo pensaba divertirme acariciando sus hojitas. Pero, según mima, eso no sería necesario. Nos contó que cuando el patio era chiquito, sus padres lo asustaban con bichos espantosos, para que se acostara temprano, y esos recuerdos lo atormentaban al sentir las arañas y alacranes, que salían de noche.

—Podemos acabar con las arañas y los alacranes —sugirió Palín.

—Tampoco hace falta —respondió mima—. El patio y yo hablamos hasta la madrugada. Él va a descubrir las hermosuras de la noche, para olvidar su temor.

Por suerte así sucedió. A partir de ese día, al oscurecer, el patio se acostaba boca arriba, pegado al perro canelo para estar los dos calentitos, y se ponían a contar estrellas, a pasarle la lengua al rocío, a oír cómo los insectos se enamoraban en la oscuridad y a ver la luz de luna mecerse en las hojas. Si acaso una araña o un alacrán le pasaba por la piel, el patio reía por las cosquillas que le hacían las patas de esos bichos.

Visiones

A mi hermana Cora la encontrábamos bajo las matas del patio a cualquier hora, conversando con el aire. Al principio nos asustamos, creímos que estaba loca; entonces mima habló muy bajito con nosotros:

—No la molesten; ella no está enferma, son espíritus que la visitan.

Mima lo sabía de tiempo atrás, porque una vez Cora se le acercó para preguntarle quién estaba en la mata de plátanos. Y en la mata que señalaba no había nadie.

Yo nunca pude ver los espíritus. Mi hermana me aconsejaba que mirara a las hojas del platanal, pues los seres del aire acostumbraban a reunirse allí. En otras ocasiones me decía:

—Hay un hombre viejo, vestido de blanco, al lado tuyo.

Yo no lo veía. Me sentaba con ella bajo las frondas, y mientras Cora miraba lo invisible yo contemplaba las flores y les daba las gracias por estar en el mundo, por mirarnos con sus caras encendidas de sol. Sentía lo mismo con los pájaros y con los gajos que se esforzaban por echarse al aire, buscando caminos para tejer la sombra, a cuyo amparo todo parecía tan tierno.

Antes de ese tiempo yo pensaba que morirse era empezar a ser fantasma. Era divertido imaginar que me encontraría con todos los conocidos ya difuntos, y me pondría invisible como ellos, para hacerles travesuras a los vivos y ver sus caras asustadas. Después, en la escuela me dijeron que el mundo de los espíritus no existía; que la gente se acababa para siempre. Con tristeza tuve que creerlo.

Luego, Cora me dijo que no, que era como yo lo había imaginado. También me contó de un muchacho que tenía una mamá muy vieja, y cuando la anciana decía que se iba a morir, él la entretenía: "Madre, mire que hermosas están las flores, o, mire, que luna tan redonda", y así, había conseguido que ella nunca se muriera. Todo el tiempo la anciana se distraía esperando la lluvia, o el florecimiento del jardín, o que el otoño llenara el suelo de hojas.

Cora se arrugó desde joven, se llenó de canas. Mima tenía miedo que los espíritus se la llevaran y cada día miraba al cielo en busca de ayuda. Una tarde, mientras el viento se movía perezosamente, uno de los ponasíes del patio, desde su llamarada de flores y nervaduras rojas, le habló. Parecía nada más que un rumor del ramaje; sin embargo mi madre entendió aquellas palabras:

—No te inquietes, son solo sombras, sombras…

Mima miró a las alturas; sin saber porqué, pensó en los ojos de Cora, que habían visto el mundo oculto. Un bando de pájaros negros pasaron frente a ella; aunque no pudo precisar si habían sido aves, o sus propios pensamientos.

Mi hermana Cora nunca lamentó quedarse ciega, porque a ella no le hacían falta los ojos. Yo me le arrimaba en silencio, por un costado, para no estar delante de sus pupilas grandes y fijas, y ella decía:

—No seas cobarde, Cunene. Ven, siéntate conmigo.

A veces hablábamos y yo cerraba los ojos, para compartir su oscuridad. Después de un rato me asustaba quedarme así, y le preguntaba si ella también tenía miedo.

—Mi ceguera es distinta, hermano. Los espíritus me cerraron los ojos para que no pierda tiempo viendo las cosas pasajeras. Dime, ¿todavía no has visto al viejecito vestido de blanco que te acompaña?

Pero yo nunca vi nada.

Luna de miel en el almanaque

En el fondo del patio creció una mata de mangas blancas. Era muy resuelta y de buen carácter. Se estiró para sobresalir por encima de las otras matas. Llegó a ser muy atractiva. Los gorriones chillaban por ella y el sol calentaba demasiado al verla. Al cumplir quince años la primavera le regaló muchas flores. ¡Estaba tan contenta! Bailaba al son del viento y lo recompensaba regalándole el olor de su resina.

Una mañana apareció el mes de Mayo con su traje de colores. Las abejas zumbaban por la hermosura de este galán. Mayo constantemente exprimía las nubes para bañarse y las praderas se llenaban de campanillas para perfumarlo. La mata de mango, al verlo, sintió un escalofrío en sus ramas y la savia le corrió alborozada por dentro. Un temblor le sacudió las hojas y los botones se le hincharon de dulzor, hasta casi reventar. Enseguida el viento descubrió una fragancia diferente en su resina, como si ella estuviera rellena de miel. El sol, celoso, escondió la cara detrás de un nubarrón.

También al apuesto mes, al descubrir a la frondosa arbolita, se le subieron los colores. Ese año exprimió más nubes que de costumbre y le pidió a un sinsonte que compusiera una canción especial para la joven. Durante el día, Mayo le daba la vuelta al mundo cumpliendo con sus obligaciones; pero de noche iba al patio y se sentaba junto a la mata para conversar, o bailaban los valses de las cigarras y los grillos, o juntaban astillitas de estrellas que encontraban en el rocío, hasta tener tantas, que podían pegarlas en el cielo.

La mata le parió a su enamorado un montón de hijos, que se pusieron rojitos y olorosos. Sin embargo, una noche, luego de treinta y un días,

Mayo desapareció sin dejar rastro. Al amanecer la joven vio a Junio, que llegó radiante.

—¿Usted ha visto a Mayo?

—No lo he visto, y no nos hace falta. Yo he venido a ocupar su puesto. Me gustaría casarme contigo.

La mata le dio la espalda y se puso a llorar. Con el llanto sus hijos se caían al suelo. Después de Junio vinieron Julio y Agosto que estaban todo el tiempo empapados de sudor. La mata lloró hasta que no le quedó ningún hijo en los brazos. Septiembre y Octubre tampoco le dijeron dónde estaba Mayo y la tristeza de la joven fue tan grande que se puso amarilla y se le cayó su frondosa cabellera. A Noviembre, Diciembre y Enero no les gustaba ver el sol y taparon el cielo con una cortina gris. La mata pasó mucho frío entonces. Una mañana vio a un mes más pequeño que los demás, que empezó a descorrer la cortina del cielo. Los animales poco a poco buscaban un compañero o compañera y a ella le brotó un retoño, luego otro y otro. Le renació el deseo de vivir y también su enamoramiento. Por eso, al encontrarse con Marzo, le preguntó por su galán.

—No se desespere —le dijo Marzo—. Ya él está en camino.

Abril le dio noticias más alentadoras y la mata volvió a rebosar hermosura y fragancias.

Por fin el horizonte se puso dorado con la presencia de Mayo. La arbolita le dio el mejor tono a sus cachetes para recibirlo. Se rozaron los hocicos, mientras a ella los borbotones de savia la estremecían. Se abrazaron largamente. En poco tiempo la mata se vio otra vez llena de chiquillos entre los brazos.

Por no verlos de nuevo separados, dibujé un almanaque en el que Mayo ocupaba todo el año. El Corneta ayudó a la mata a levantarse del patio y la sembró en mi dibujo. La Flaca les hizo ropitas a los hijos. Mercy les cocinó un flan de calabaza. Palín les hizo un abanico para que no les faltara el viento. Júnior les regaló un búcaro repleto de palabras florecidas. Mima y papi les dieron la bendición, y Cora habló con los seres del aire, para que custodiaran el dibujo y nadie pudiera estropearles la felicidad.

Dedo de calabaza

Nuestro patio era una escalera de piedras, cubiertas de helechos y musgos de minúsculas flores, como salpicaduras blancas, azules, rosadas y amarillas. Entre las grietas asomaban maticas de enternecedora presencia, y otras de tanta fuerza y verdor, que daba la impresión de que adentro, las peñas tenían un almacén de alimentos para las plantas. Había peldaños hacia cada punto del horizonte, como si la ancha escalera quisiera llegar a todas partes.

Las crestas de piedras bordeaban terrazas de tierra, donde crecían calabaceras, matas de ajíes, marpacíficos, lirios, ceibillas, brujitas, romerillo, caña santa. Había otras más altas: naranjos, limoneros, anones, mamoncillos, ciruelos, capulíes, plátanos, güiras, guásimas, ponasíes...

Cada planta daba una sombra distinta. La del marpacífico era apretada, como un escondite muy secreto. La de los plátanos clara y fría como las ranas que dormían en sus hojas. La sombra del ponasí era un revolotear umbroso de insectos y aves. La del anamú tenía un olor tan fuerte que hasta quitaba el catarro. La sombra del mamoncillo era tan verde, como una tranquilidad que lo protegía a uno del calor y la tristeza; toda la mata de mamoncillos era una montaña de frondas, sus raíces desbordadas del suelo parecían un monstruo de muchos brazos que apretaba las piedras.

En los meses de lluvia las sombras engordaban, se juntaban unas con otras y dividían la parte de arriba, el mundo de sol, de la parte de abajo, su propio mundo misterioso. Entonces las aves no se adentraban allí, por miedo a no encontrar salida de aquel sombrerío.

Sin embargo los caracoles, las lagartijas, los jubos, quedaban atrapados en la oscuridad y perdían el rumbo. Algunos pasaban largas temporadas dormidos, sin darse cuenta de que afuera brillaba el sol.

Sucedía siempre, hasta que las sombras volvían a ponerse flacas por la sequía y empezaba a entrar la claridad en aquellas penumbras. Entonces, a través de los agujeros luminosos, huían los animales con algarabía y ardor en los ojos por causa del resplandor.

Al comienzo de una época sombreada, Mercy se sentó debajo de un gandul en flor para disfrutar de su sombra, que era muy suave sobre la piel. Se acomodó en una piedra y no se dio cuenta de que los piñones y los almácigos de la cerca se estiraban rápidamente encima de ella. Dio un pestañazo y de buenas a primeras la sombra se hizo tan gruesa que Mercy se perdió. Por más que abría los ojos no veía nada. Anduvo a tientas, tropezando con piedras y raíces hasta que alguien le dijo:

—No camines más. Delante de ti hay un tallo mío que puedes estropear.

Mercy se quedó parada, con un temblor en todo el cuerpo. Por fin tartamudeó:

—¿Quién me me me habla?

—Soy yo, la mata de calabazas. No te asustes. Siéntate ahí mismo donde estás.

—¿Cómo es posible que puedas ver en esta oscuridad?

—Para mí es fácil, pues mis tallos son tan largos que alcanzan la luz allá afuera y me la hacen llegar hasta aquí. Yo te ayudaré a salir; pero no te apures, en esta temporada oscura casi nunca tengo a nadie a quien invitar.

La calabacera hablaba como si estuviera saboreando algo. Mercy sintió curiosidad y averiguó de qué se trataba.

—Es que me chupo el dedo —contestó la mata—.

—¿Y a qué te sabe?

—A flan de calabaza.

Mercy probó su propio dedo y le encontró un gusto amargo. La mata le dijo risueña:

—Tienes las manos sucias.

Entonces le acercó la punta de uno de sus tallos, se las lavó con un chorro de agua y la invitó a cenar.

—¿Ya es hora de cenar? —Mercy no tenía idea de la hora.

Su anfitriona por toda respuesta le sirvió en una hoja la especialidad de la casa: Flan de calabaza. Mi hermana nunca antes había probado algo tan delicioso. Siguiendo los consejos de la calabacera se lo comió hundiendo uno de los pulgares en la pulpa y chupándoselo.

Después de reposar la cena, la mata le dio instrucciones:

—Ahora, estira la mano derecha hasta que toques una de mis guías que está cerca de ti. Síguela, caminando despacio, y encontrarás la salida.

Mercy dio las gracias y se despidió; volvió al mundo del sol, bajó a prisa los grandes peldaños del patio y sin perder impulso entró en la casa, sacudiéndolo todo con su asombro. Mima siempre dijo que, desde ese día, empezó a cocinar flanes de calabaza y a chuparse el dedo.

Cabalgar en papalote

Desde los primeros soplidos del otoño el cielo se inundaba de papalotes. Era como si el mundo estuviera colgado de sus hilos, de sus vivos colores y del alegre cabecear con que bailaban en la altura. Hasta por las ventanas de las casas los muchachos les daban cordel a sus cometas y chiringas.

A mi papalote no le gustaba que lo empinara desde el pasillo o el portal. El despegue desde el pasillo lo asustaba, por el riesgo de un cabezazo en la pared, o de rasgarse la camisa con un alambre. Desde el portal solo podía salir de medio lado. En cambio, en el patio se levantaba con su mejor alegría, goloso de anchura y viento.

En uno de esos días de ventoleras, se me ocurrió amarrar el hilo del papalote a la montura de mi caballito de palo y salimos trotando para arriba, hasta las copas de los árboles. El caballo se asustó al principio, cerró los ojos, lanzó un largo relincho y corcoveó. Le acaricié las crines y logré calmarlo; luego le toqué las pestañas para que viera el follaje y se acostumbrara a la altura. Al sentirlo confiado tomamos impulso, sobrevolamos la casa, el barrio, el potrero de jugar pelota y llegamos al río. Desde lo alto veíamos las jicoteas calentándose al sol, sobre los troncos caídos en las orillas. Más allá el cañaveral parecía un mar de olas verdes con crestas de espigas. El caballito llevaba la dirección, trotando sobre el viento, y el papalote nos mantenía suspendidos en el espacio.

Al ver el sol más bajito que nosotros, regresamos al patio y aterrizamos. Apenas tocamos tierra el caballo levantó sus patas para impresionar al papalote. Este, aún elevado, lo miraba, se reía, y le sacaba la lengua. Entonces el potro se puso serio y relinchó:

—Te salvas que vas sujeto de mi espalda. Si te desamarro te irás a bolina.

Al papalote se le inflamaron lo colores y gritó más alto que el caballo:

—¡¿Qué dices, animal?! Eres tú quien está colgado de mi vuelo elegante.

Los hice callar, los desaté y mandé a cada cual por su rumbo. A la tarde siguiente volví de la escuela ansioso por salir otra vez a cabalgar en el aire. Pero el caballito no quiso que sujetara el hilo en su montura y el papalote halaba fuerte para irse solo.

Los encerré en un pollero y les dije: ustedes van a estar ahí juntos para que aprendan a ser amigos.

Al otro día, al abrirles la puerta, parecían hermanos amarrados por el ombligo. Desde entonces, nada más llegaban las ventoleras, salíamos los tres a volar y ver desde arriba las interminables pasturas de la tierra.

Canelo

El perro canelo era el médico de la familia. Si alguno de nosotros tenía un dolor o un malestar, él se acercaba, meneaba el rabo y con eso nos curaba. Nos dimos cuenta por un dolor de muelas que me tuvo una noche entera sin dormir. Por la mañana, antes de salir para el dentista, el canelo vino corriendo, me puso las patas en los muslos y movió el rabo. Yo me incliné, le acaricié la cabeza y noté que el dolor había desaparecido.

Desde ese día ninguno de nosotros volvió a ir al médico; excepto Palín, que prefería la medicina. Papi se alegró de haber dejado al perro en la casa.

El canelo, además de curar enfermedades, azoraba las tristezas. Salía por el barrio con su paso ligero y se arrimaba donde viera una cara triste o un cuerpo cansado; si la persona lo mimaba, o le decía algo cariñoso, él movía el rabo y ocurría el milagro. Cuando no era suficiente con eso, resolvía la situación con un cálido lengüetazo.

Pero una mañana Canelo no volvió de su recorrido acostumbrado. Por la tarde, cuando mi padre regresó del campo, nos encontró a todos carientristecidos. Habíamos salido a buscarlo y nadie nos pudo dar noticia de él, fue como si se lo hubiese tragado la tierra. Yo empecé a llorar. Mis hermanos se hicieron a la idea de no volver a verlo; pero mima aseguró que el canelo regresaría.

Pasó una semana entera de suspiros y sollozos en la casa. El patio empezó a arrugarse como una ciruela seca debajo de la mata. A cada rato nos parecía oír un ladrido, o su respiración estrepitosa, o veíamos su lengua goteando saliva, o las dos chispas de sus ojos que aparecían en los rincones, pero solo eran nuestras ganas de verlo.

Una tarde, a la hora en que los olores escapaban de las cazuelas y revoloteaban por la casa, de algún lugar se oyó un aullido largo, como una clarinada. Mercy, que ensartaba las sortijas de humo en la cocina, también dio un grito del susto, y mi padre dejó de zafarse las botas y se quedó como escuchando con los ojos. Entonces Cora llegó a la cocina y dijo:

—Hay alguien afuera.

Todos nos asomamos detrás de papá. En el portal había un hombre con unas arrugas que le salían del entrecejo y se extendían por la cabeza calva. Delante de él, dando brincos estaba Canelo. El hombre lo sujetaba con una cuerda. Antes de que lo saludáramos, él empezó a hablar:

—No me gustan los perros. No me gustan los niños. No me gusta la gente contenta. No me gusta estar alegre. Este perro de ustedes me estropeaba la vida cada vez que pasaba por frente a mi casa. Lo amarré unos días para ver si podía quitarle esa maña de estar tan feliz, pero ha cambiado el aire de mi casa. Ya no resistía más su mirada ni sus ganas de vivir. Aquí se los traigo. Perdónenme por hacerles esto. Sé que no estuvo bien, aunque a la verdad no lo traté mal.

Yo casi le grito, pero mi padre alzó una mano y no nos dejó hablar. El hombre soltó al perro que se nos lanzó a la cara para lamernos. Le quité el polvo del hocico y le besé las orejas, mientras una braza ardiente me rodó garganta abajo y se me atoró en la boca del estómago.

El hombre retrocedió unos pasos, miró al canelo, luego a nosotros, y por último a Canelo nuevamente; papi aún tenía la mano levantada. Entonces nos fijamos en aquel sujeto, en su frente agrietada y en sus ojos tan duros, y nos dimos cuenta de que, desde las orillas de la boca, le empezaba a nacer una sonrisa.

Mi amor con la lluvia

Hay que tener buenos ojos y oídos para entender a la lluvia. En eso nos aventajan los árboles. Uno aprende al ver como bailan al mojarse, y se hinchan de felicidad hasta que luego no caben en el patio.

Los árboles que viven en un patio pequeño sufren mucho, porque al engordar estorban a los demás, y tienen necesidad de irse por encima de la cerca hasta el patio vecino. Es necesario sembrarlos distantes unos de otros para que puedan llorar de felicidad, o levantar las manos para dar gracias a la lluvia. Cuando escampa queda encharcada cantidad de dicha alrededor de sus raíces, el aire huele a limpio, y los colores parecen nuevos, acabaditos de dar.

Las nubes se desgajan sobre el patio, y luego el patio sube hasta las nubes. La tierra canta por las raíces y las ramas. Las gorrionas se ven en la necesidad de decirles a sus hijos que no hagan tanto alboroto; pero de nada vale tratar de parar la alegría causada por la lluvia. Si hasta a uno le dan deseos, cuando llueve, de ser patio.

Mi delirio era acercarme a la lluvia por la ventana, sentir su olor y dejar que me tocara con sus manos frías; los pelitos de los brazos se me ponían de punta. Así nació un amor secreto, distinto al amor de Ana María, porque con la lluvia sí me salían las palabras. Era un amor de largos abrazos y de mucho mirar. Me pasaba días enteros mirando como ella encharcaba la tierra y me encharcaba por dentro de pensamientos que nunca se me ocurrían con el sol.

Nunca me enojé con la lluvia porque me impidiera ir a jugar. Siempre quise estar solo con ella, en la ventana; pues por las crestas del guano el goterío resbalaba como un encaje musical. Yo estiraba la mano para sentir su fría suavidad, y la oreja para que los sonidos me cayeran dentro.

En la parte de atrás de la casa, a todo lo largo del alero, mi papá puso una canal de cinc. Las gotas formaban tremenda algarabía al chocar contra el metal y deslizarse hasta el extremo más bajo. Luego formaban un chorro verdoso y caían, con las pelusas del guano, en un barril. El barril se llenaba con estruendo y erizamiento de espuma. Mima almacenaba esa agua pues decía que era buena para lavar la ropa y lavarse el pelo.

Allí, estancada, los ojos de la lluvia eran hondos y oscuros. A veces subían coleando los renacuajos y juntaban la boca a la superficie, como si trajeran besos desde el fondo para pegarlos en el aire.

Yo construía barcos de papel y hacía largas travesías entre las ondas sedosas, parado en la proa, mirando el espacio infinito de agua, lleno de reflejos y sombras. La humedad de la brisa me unía al misterio que vibraba debajo. El barco siempre terminaba por hundirse. El papel se empapaba y caíamos lentamente a las profundidades. Alrededor la luz bailaba y los renacuajos se agitaban curiosos; hacían rápidos acercamientos y retiradas. Luego me traían burbujas y me guiaban a un sitio escondido en el fondo. Seguíamos un sendero entre el limo hasta una cueva. Allí había aire y claridad. En el centro, sentada en una piedra verdinegra, me esperaba la más radiante de las gotas. En su piel centelleaba el arcoiris; su cara se ensanchaba de alegría. El pelo no dejaba de ondularle y desde lejos yo sentía su mirada resbalando por mi cuerpo. Nos dábamos un abrazo hasta que los renacuajos avisaban que mi madre me estaba buscando. Me subían coleando con fuerza a la superficie y mima empezaba a regañarme por tener la ropa mojada.

La tormenta de burbujas

La batea estaba al fondo de la casa, sobre una laja de piedra. Estaba cubierta por un techito de zinc. Frente a ella había un muro de peñascos, en cuya cima se alzaba un marpacífico. Debajo de su ramazón, cochinillas y caracoles vivían apaciblemente; excepto los domingos, cuando mima llenaba la batea con agua de lluvia, se subía en un bloque para mejorar su estatura, enjabonaba la ropa y la restregaba por la ralladera. Su cuerpo iba y volvía sobre la espuma, y el borde de su saya bailaba como una campana. Luego hacía gruñir al cepillo sobre camisas, blusas, pantalones, mientras recordaba en voz baja unas décimas muy viejas:

Yo vi una rana dulcera
Vendiendo dulce' maní
Y también vi una lombriz
Que era maestra de escuela.

Vi una pulga costurera

Un piojo afeitando a un grillo

Una banda de piojillos

Que parecían ladrones,

¡Quítate los pantalones

Que no tienes calzoncillos!

Quien fuera como el cangrejo

Que no necesita gorra

Que no le cae mazamorra

Ni rasquera en el pellejo.

No le gusta vivir lejos

De fangueros y lagunas.

Vaya divina fortuna

Que tiene ese animalito

Ni jejenes ni mosquitos

Le pican parte ninguna.

El agua se tornaba gris, se encrespaba, y las pompas se amontonaban en las orillas. Las olas crecían y sus crestas saltaban los bordes de la batea. Las manos de mima revolvían aún más. Su voz, como finísima bandera, ondeaba arriba, con el viejo repertorio:

Una yegüita compré
Con lo que me dio el conuco
La amarré con un bejuco
Y por la noche la se me fue.
Yo tanto que la cuidé
Le aguanté sus malas mañas,
Siempre baña que te baña
La comida al por mayor
Y cuando estaba mejor
Alzó el rabo y metió caña.

Convidé al perro Trabuco
Al monte a cazar jutía
Me dijo que no podía
Porque había mucho bejuco.
Yo le dije: yo te busco
Un monte claro y espeso
Y el me dijo: no es por eso
No es eso lo que me pasa,
Es que se comen la masa
Y a mí me tiran los huesos.

Por fin la marea se derramaba sobre el pedregal. Un remolino de burbujas se lanzaba al patio. Rebasaba el marpacífico y seguía cuesta arriba. Yo corría tras él, cazando las pompas. Mientras la fuerza de mi madre agitaba el oleaje, el torbellino era indetenible. Desafiaba los peñascos, remontaba las ramas más altas y buscaba la luz, ancha y limpia, en las alturas.

Entonces el patio empezaba a temblar bajo los nubarrones de burbujas; los pájaros, las lagartijas y los insectos se escondían. Estallaban relámpagos tornasoles, y, en el momento de desatarse una tormenta que arrasara con todo... mima recogía sus cantos y se iba con la palangana llena hasta las tendederas, el cielo se despejaba, la borrasca regresaba a la batea y desaparecía, hasta el próximo domingo.

Un visitante

Los muchachos del barrio jugábamos a la pelota o a los pistoleros; pero si había niñas organizábamos campamentos, o salíamos por el patio a buscar plumas, caracoles o vidrios: quien hiciera la mayor colección era el ganador;

también se premiaba el caracol más grande, la pluma o el vidrio más hermoso. Los más codiciados eran los vidrios azules. Además de estos, había un juego que solo jugábamos cuando el viento nos ayudaba. Sucedía de esta manera: En las tardes, durante el tiempo de zafra, a veces caía una lluvia de pajuelas quemadas en el barrio, pues los macheteros incendiaban los cañaverales, para que la paja ardiera y la caña llegara limpia al central. Entonces los soplidos del aire traían el negro chubasco, y mientras duraba, nosotros corríamos tras las pajuelas para cazarlas en el aire. Todos queríamos atrapar la más robusta.

Era una locura: íbamos en todas direcciones con la vista fija en alguna brizna negra que descendía haciendo molinetes, llevada por el viento de un lado a otro. A veces, al tocarlas, se volvían polvo entre los dedos.

Yo perseguí una, pensando que era la pajuela más grande que había visto en mi vida, y era una persona caída de otro mundo. Parecía un tallito seco con un par de ojos inmensos, tan vivos que asustaban.

La metí en un bolsillo sin decirles nada a los demás muchachos y regresé a casa. La coloqué en un cajón donde guardaba semillas, caracoles, plumas, una herradura, un silbato, un imán, un corcho; pero allí no se sentía a gusto. La mirada se le puso muy opaca.

Por la noche la acomodé a mi lado y no durmió bien. Amaneció aún más apagada. Entonces la llevé al patio, limpié un agujero en una piedra y la coloqué allí. Se recostaba a un lado y a otro sin poder quedarse quieta. Sus pupilas reflejaban vivamente la hermosura de la piedra; sin embargo no lograba adaptarse a la dureza de aquel sitio.

De allí la saqué para sentarla en la tierra, cerca de un ponasí, de manera que pudiera refugiarse a la sombra si el sol calentaba demasiado. Se revolvió contenta y su mirada brilló con más intensidad que el mediodía.

Al otro día la persona extraña amaneció llena de rocío, su tallito estaba aferrado a la tierra. Se había estirado casi el doble. Esa tarde cayó un aguacero que dejó el patio rechoncho de charcos. Al escampar fui a verla y le habían salido retoños. Se mecía contenta y me miraba agradecida.

Al amanecer siguiente, en las puntas de los retoños tenía ojos nuevos que parpadeaban. El viento sopló fuerte y todos los ojos se desprendieron y volaron lejos. En el suelo solo quedó un tallito seco, que poco a poco se consumió. Después de eso, cada vez que perseguíamos pajas quemadas, yo pensaba en volver a ver aquellos grandes ojos que asustaban.

El primer beso

Hacía muchos días que los muchachos se burlaban de mí, porque no le hacía caso a Marcia. Ella era un año mayor que yo; era una niña grande, de cara ancha y pelo corto. Aparecía donde yo estuviera; se acercaba tanto que yo sentía su calor traspasar mi camisa, y respiraba el olor de su pelo. Me saludaba con un beso pegadito a la boca y espantaba a los chiquillos, para defenderme.

Aquel día, al salir de la escuela, Marcia me agarró por una mano y me hizo seguirla. Los muchachos se reían y me gritaban:

—¡Gallina! ¡Gallina!

Yo temblaba entre dos escalofríos: el que me producían los gritos de mis compañeros, y el de seguir con ella; pero no atinaba a soltarme. Fuimos a dar a un terreno, al costado de la escuela, donde había casas en construcción. A esa hora no quedaba ningún trabajador allí. Entramos en una de las viviendas y de pronto su cara estaba a pocos centímetros de la mía. Me parecía inmensa y extraña. Me acercó su boca. Tenía un granito en el labio de arriba. Yo me eché hacia atrás, lentamente, para que no lo notara. Por fin dijo:

—¡No seas cobarde!

Miré su boca, observé el granito enrojecido en los bordes y amarillo en el centro, cerré los ojos y me mantuve tieso. Sus labios húmedos se movieron sobre los míos. Su lengua hizo varios intentos de encontrar la mía. Desesperado, me salí de aquel momento. Corrí a casa y pensé en Ana María: mi primer beso lo quería para ella.

A la mañana siguiente las amigas de Marcia me miraban y se reían.

Esa tarde fui hasta el fondo del patio y me engurruñé en una esquina. Al verme así el patio se inquietó. Erizaba su lomo con un ruido áspero. Me puse a hablar solo, a repetir en voz alta lo sucedido para sacármelo de adentro. Él lanzó un silbido a los aires. Varias cercas más allá otro patio respondió con la misma señal.

Al poco rato los muchachos del barrio vinieron a buscarme y nos fuimos para la casa de Ana María, a recoger vidrios y plumas. En el fondo había un bohío vara en tierra, donde anidaban las gallinas. No era muy grande: dentro de él debíamos caminar jorobados. Entré a buscar plumas y encontré a Ana María. No tenía valor para acercármele, ni para irme. Ella ni siquiera pestañaba; sus pupilas parecían dos lagunas en las que rebotaba el día sin viento y sin nubes. No sabía si ella miraba hacia fuera o se miraba hacia adentro; si había encontrado algo parecido a mí en el fondo de su embelezo.

Yo también me quedé inmóvil. De pronto el bohío se puso más chiquito, cada vez había menos espacio entre ella y yo. Los pelitos de sus brazos se juntaron con los míos. Sentí un temblor entre el pecho y el estómago. Su pelo castaño se me venía encima. Entonces recordé lo escrito en el diario:

Tu pupila es verde como mi patio. No sé si estoy en tu pupila o en mi patio; son caminos iguales para atravesar la tarde. Solo que, en mi patio no me faltan las palabras; me quedo flotando en el bejuco de calabaza, como la ropa tendida por mamá. La ropa crece, liviana, y mis manos se estiran hasta dónde estás.

El calor saltaba de su piel a la mía. Las rayitas que atravesaban sus labios estaban cada vez más cerca, sus ojos casi me aplastaban, y cerré los míos. El bohío terminó por hacerse tan pequeño, que yo estaba en su boca y el sabor de Ana María se me regaba por toda la cara, como el de un mango maduro que, al saborearlo, nos embarra las mejillas.

El mundo parece ancho como tus pupilas, donde cabe un beso, o una fruta madura. Y tus pestañas son como los gajos de la mata de granada.

Me sentí mareado. Abrí los ojos y me asusté al ver los de ella tan cerca, tan grandes, tan refulgentes como el agua en las charcas donde cae el sol. En ese instante, Ana María pestañó. Fue igual que dos aletazos de mariposa en un claro del follaje; igual a los celajes que oscurecen el día de repente. Se alejó, nerviosa, disimulando el regocijo, y yo no cabía en el vara en tierra, ni en el patio, ni en aquel día diáfano. A mi corazón también le parecían estrechas las paredes del pecho y martillaba para romperlas.

No sé porqué ella decidió besarme. Sospecho que supo lo de Marcia y descubrió que me quería. Sentí que ese sí fue mi primer beso, y por cierto, no el último que recibí de Ana María. Después de aquello Marcia no volvió a seguirme. Siempre la vi con algún muchacho nuevo, pues esa era la manía de ella.

Tardes y mañanas

A Palín no le importaban ni las tardes ni las mañanas. La Flaca decía que ambas cosas eran iguales, que en una y en otra los pájaros hacían su algarabía, los grillos serruchaban los minutos, y los hombres martillaban el silencio.

Papi y mima opinaban que las tardes eran mañanas puestas al revés, porque las garzas volaban tierra adentro al aclarar, y al oscurecer atravesaban el cielo en dirección contraria.

Según Cora, en la mañana el aire hablaba con sonidos diferentes a los de la tarde. El Corneta afirmaba que algunas plantas e insectos despertaban con la luz; pero otros lo hacían con las sombras. O sea que, para esos seres la noche era el día, y el día era la noche.

Mercy solo notaba que al levantarse se chupaba el dedo con apuro e inquietud, y al acostarse lo hacía despacio, con arrullos. Después del desayuno a Júnior le sobraban palabras; sin embargo, antes de la comida se quedaba pensativo.

Como cada uno veía las cosas a su modo, al amanecer yo subí a lo más alto del patio, e hice lo mismo antes del oscurecer. En los dos momentos miré a la distancia y me engurruñé por dentro; la emoción me brincaba sobre el ombligo: descubrí la belleza de la lejanía, azulada, brumosa.

Noté que en la mañana, las abejas zumbaban entre los botones recién abiertos; las auras vigilaban desde el azul altísimo, con giros lentos, y las reses salidas de la neblina acercaban los hocicos a los pastos,

Descubrí que dentro de la tarde estaba la mañana, como un eco. Las auras aleteaban contra el poniente, zambulléndose en su mezcla de colores, las reses rumiaban su quietud echadas en la hierba y, entre las ramas cabizbajas, se apretaban enjambres de silencio.

Había oscurecido cuando bajé del patio la segunda vez, sin comprender al fin quién estaba en lo cierto, y decidí que todos tenían razón. Las tardes y las mañanas tenían un poco de lo que cada uno de ellos pensaba, y muchas cosas más, que quizá algún día descubriremos.

Flores en la mirada

Ya la casa se quitaba su color de invierno y empezaba a vestir de primavera; pero los aguaceros se retrazaban. El mamoncillo y otros árboles del patio se zambullían en el pozo para refrescarse. En el limonero, los azahares suspiraban; lo mismo el florerío del aguacate, las matas de ajíes, las florecillas del toronjil y del tilo, las ciruelas recién asomadas a los gajos.

Antes de salir para la escuela, yo llenaba la regadera y subía los pedregales del patio con un aguacero entre las manos. El agua lanzaba destellos al chocar con los rayos de sol; en instantes se formaba un arcoiris sobre las matas, y después, de cada hoja colgaba una gota de luz.

A las plantas se les abultaban los colores en los cachetes. El olor de la hierbabuena se desprendía apenas era rociada, también del anís, la menta...; pero sobre todo de la hierbabuena.

A veces yo trepaba con la regadera a un árbol para que mi aguacero pareciera más real. Pensaba que seguramente Dios se divertía así, viendo la lluvia desde arriba, y recibiendo el olor de la tierra y de las hojas.

Mis lluvias mañaneras sacaron muchos retoños a la superficie y montones de flores. Una tarde las miré una por una, para llevarle la mejor a mi Ana María. Escogí una brujita blanca, agarré el tallo y halé, la florecilla lanzó una queja. Las pelusas de su voz se esparcieron y todas las plantas me miraron por la esquinita de los ojos. El patio, furioso, sacudió el lomo. Me dio vergüenza. Una flor es un pedacito de patio, porque nació de él; arrancarla es como quitarle una pestaña, o un dedo. Además, no había necesidad. En vez de eso corrí a casa de Ana María, la traje con el rostro cubierto, la subí con precaución por los peñascos, nos paramos en medio de las frondas y quité de pronto mis manos de su cara. Así le regalé todas las flores en una mirada.

La belleza es una magia que alegra

Nuestra escuela era de muros gruesos; las aulas tenían ventanas de hojas, que abrían hacia dentro con un crujido. Las vigas del techo parecían cansadas; las penumbras y los años se habían pegado a ellas con un duro abrazo.

Una mañana de verano la maestra pidió que lleváramos plantas para adornar el aula. Al día siguiente muchos niños llevaron rosales en macetas, claveles, dalias... Las plantas más bonitas las pusieron a la entrada del aula y a los lados de la pizarra. Ana María llevó una violeta en un tiesto de barro. La maestra admiró la planta y la ubicó sobre su mesa. El aula parecía un jardín.

Mi vecina Hortensia, me dio una plantita casi sin hojas. La sembré en una lata herrumbrosa y la llevé para la escuela. La estaquita iba encogida, como si tuviera miedo.

—Parece una begonia —dijo la maestra y la puso en el poyo de una ventana.

Yo estaba triste por verla cabizbaja y sola. Las demás plantas conversaban como amigas a los lados de la pizarra o frente al aula; la violeta transpiraba su orgullo de estar en la mesa de la maestra.

Le conté a Hortensia lo que sucedía y ella se expresó confiada:

—Tu planta está en el mejor lugar. No te aflijas. Despertará y será la más hermosa.

Esperé varios días. A cada rato miraba a la ventana. Hasta que al fin le vi un botón. El corazón se me puso como una piedra rodando por un barranco. Durante esa semana la begonia se llenó de hojas.

El lunes siguiente, al comienzo de las clases, la maestra abrió la ventana y se quedó boquiabierta. Ya no se veía la lata herrumbrosa. La begonia la cubrió con puchas rojizas, como estrujados pedazos de un atardecer.

Hortensia

Su pelo blanco parecía una flor. Su casita de madera y tejas apenas sobresalía entre la espesura del jardín y la arboleda del fondo. En el techo siempre había un bullicio de gorriones.

Hortensia no tenía familia, por eso mis hermanos y yo fuimos hijos para ella. En su mesa nunca nos faltó una bienvenida de frutas. A veces eran platanitos manzanos, con sus cachetes amarillos cubiertos de pecas; o rojizos mangos de piel brillosa; o un cesto de granadas que enamoraban a los ojos.

Una tarde, escuché a dos vecinos decir que Hortensia estaba más extraña que nunca.

—Ya no solo se pasa todo el día conversando con sus matas —afirmaba uno—, ahora habla de pájaros que anidan en el pelo de las nubes.

Según el otro, ella pretendía sembrar estrellas y alumbrarse con flores.

Al mencionar todo eso los vecinos hacían una mueca de malicia. Me asusté y corrí a verla. Sus puertas y ventanas se hallaban como de costumbre, abiertas de par en par; pero ella no estaba. Salí por el fondo y la divisé en el patio. Aún desde lejos percibí su perfume. Fui a sentarme a su lado, y enseguida notó mi agitación:

—Ey, Cunene, tienes un brincoteo en el pecho. ¿Qué te sucede?

Yo insistí en callar; aunque tuve la sensación de que veía mis pensamientos y era inútil encerrarme dentro de mí mismo. Miré al suelo para huirle a sus ojos. Entonces ella sugirió:

—Juguemos a inventar un mundo a nuestro gusto.

Levantó la vista hacia el follaje y el viento:

—Por ejemplo —afirmó—, yo tomaría esos tiernos colores que se mecen, para hacer las paredes y el techo del mundo nuevo.

—Sí, sí… —agregué entusiasmado.

La cabeza se me llenó de ocurrencias; aunque solo alcancé a decir:

—Me gustaría que los árboles anduvieran dando saltos al lado mío como el perro canelo.

La viejita, con las pupilas todavía hacia arriba, continuó:

—En lo más alto colgaría un girasol para los días…

Un suspiro la hizo levantar los hombros. En eso la noche nos rozó las espaldas, y salimos del patio. Me despedí en el portal, y al alejarme, volví a sentirme preocupado. Regresé corriendo; entré a la sala y las habitaciones respondían a mi mirada con un temblor. Retrocedí. En el frente, las flores empezaban a bajar sus cabezas. Me pareció ver a la viejecilla entre las plantas; me abrí camino hasta el lugar, apartando delicadamente el ramaje; pero se trataba de una flor que aún estaba erguida. Me sorprendió su viva expresión. Me hizo recordar

la cara de la dueña mientras conversábamos.
Volví a la sala, salí por el fondo y revisé la
arboleda; allí tampoco encontré a mi vecina. Al
marcharme ya se había hecho totalmente
oscuro.

A la mañana siguiente, en el lugar donde
estaba la casita de madera y tejas, solo había un
rectángulo de tierra. Frente al jardín se apiñaban
los vecinos. Husmeando entre los murmullos
pude entender que la anciana había
desaparecido junto con su casa.

Al regresar de la escuela ni siquiera encontré
el rectángulo de tierra. Todo el espacio estaba
cubierto por el jardín y la arboleda. Al internarme
allí los arbustos echaron a andar al lado mío,
dando saltitos de retozo. En un claro había una
nube, en cuyos moños anidaban los pájaros.
Entre la hierba crecían montones de estrellas.
Muy arriba brillaba un girasol.

Planetas verdes

La mata de güira había crecido entre unas lajas
de piedra. No era grande; pero emocionaba
verla, sobre todo cuando colgaban de ella sus

frutos redondos. El tronco estaba arqueado y tenía un hueco en la joroba.

Me gustaba observarla mientras la luna salpicaba con su resplandor las verdes esferas. En una de esas ocasiones vi salir una lucecita del agujero del tronco; se apagaba y encendía, como si hiciera señales; entonces una de las güiras se desprendió de su rama y ascendió lentamente al cielo, destelló y se convirtió en un punto luminoso, en la parte de arriba de la noche.

Atrapé la luz en su regreso al agujero, para mirarla bien; pensé que era un cocuyo; pero se trataba de una jovencita que llevaba un casco con linterna.

—¡Por favor, déjame ir! Nadie debe saber quien soy.

—No te voy a hacer daño —le dije—. Quisiera hacerte muchas preguntas.

—No tengo tiempo. Hay tareas importantes esperando por mí.

—Bueno, solo cuéntame qué haces en la mata de güira

—No puedo, es secreto.

—Está bien. No te detendré más.

La joven voló hacia el arbusto como una chispa; dio una vuelta alrededor de los gajos y volvió. Entonces se detuvo en el aire, frente a mí:

—Escucha, muchacho, yo soy la responsable de guiar los planetas en el despegue.

—¡Planetas! ¿Qué planetas?

—Los que van al espacio. Este arbolito los construye. Desde lejanos rincones del cielo lo llaman cuando algún mundo viejo se muere, y le encargan uno nuevo. A veces los astros se rompen porque no miran por donde van y chocan unos con otros, o porque un agujero negro se los come, o porque se enamoran de una estrella y se le acercan tanto que se queman.

—¿Esos planetas van al cielo llenos de tripas de güira?

—Por supuesto que no. Los planetas salen de aquí llenos de historias que van a ocurrir en ellos, una vez que hayan crecido lo suficiente.

—¿Qué historias son esas?

—Las contadas a la güira por los grillos que viven debajo de la tierra, entre las raíces.

—Me gustaría escribir lo que va a suceder en uno de esos planetas.

La jovencita no podía autorizarme; pero me dijo que hablaría con la mata. La noche siguiente me encontró en el patio y se me acercó:

—Puedes hacerlo, muchacho. Escribe lo mejor que tengas dentro de ti; falta poco para que salga un planeta de luz y la mata va a llenarlo con lo que escribas. Cuando hayas terminado, coloca los papeles en el hueco del tronco.

Puse todo mi empeño en una historia completamente nueva. Enrollé las hojas y las llevé al sitio indicado. Esa noche estuve despierto hasta ver la pequeña esfera elevarse en el cielo. Me sentía satisfecho de que en algún lugar de la inmensidad, habría un planeta donde las plantas no tendrían espinas, no habría animales peligrosos y la gente no conocería nunca la infelicidad.

Voces en el patio

El sinsonte trina en la baría llena de copos blancos y mi corazón le contesta.

En aquel momento las bijiritas revolvían el día con su intranquilidad y sus picos finos. Una cascada de atardecer caía desde lo alto, empapándolo todo. Yo colgaba los minutos en la reverencia de los lirios. Las flores me hablaban y me causaban un azoramiento en las orejas.

Oí a los ramilletes de los piñones convidar a las abejas con el néctar más exquisito de los campos. Luego oí decir a las orquídeas que anhelaban volar, como las mariposas, y por eso las imitaban en colores y formas. En ese instante papi subía al patio y corrí hacia él. Se detuvo y abrió los brazos para frenar mi carrera. Solté las palabras en racimos apretados:

—¡Tienes que sentarte conmigo a escuchar a las flores! ¡Se eriza uno de oírlas!

Papi me calmó, me besó la frente y nos sentamos debajo del mamoncillo para oírlo exhalar sus versos. Al rato mi padre dijo:

—Tienes mucha suerte, Cunene, yo necesité de otra persona para descubrir que todos los seres del mundo hablan, y que el mayor tesoro del hombre es saber apreciar la belleza. Fue mi abuelo quien me enseñó. Yo era un parlanchín, solo sabía escucharme a mí mismo. Mi abuelo me invitó al campo; salimos muy temprano; cuando el sol nos tocó la nuca, ya hacía media hora que avanzábamos por un camino arcilloso. Él caminaba encorvado; pero con paso firme. Su silencio me mantenía la boca cerrada. Alrededor de nosotros algo inmenso empezaba a hacerme sentir muy chiquito: era la ausencia de ruidos humanos.

"Dejamos el camino y nos desviamos por un trillo. Subimos y bajamos rodeados de pastizales bañados por la neblina. Había sido un año de lluvias, la tierra reventaba de verdores. Nos acercamos a una loma cobijada de monte; cruzamos una cañada por el tronco de una palma y nos detuvimos debajo de una mata de mangos. En dirección a la loma había malangas silvestres; el viento hizo cabecear sus hojas y rodaron las gotas de rocío que dormían en ellas. En la base del monte se desperezaba la manigua y los caparazones de las rocas.

"Abuelo miró a todos lados y dijo:

—Llegamos. Aquí aprenderás a oír.

—¡Abuelo! ¿Quién dijo que eso hay que aprenderlo?

—Me lo han dicho los años.

—Los años no saben nada. Lo de ellos es lluvia en el verano y días grises en invierno, o una ventolera cuando están rabiosos. ¿Qué pueden saber doce hojitas del almanaque...?

"El viejo me hizo callar con un gesto. A los pocos minutos me impacienté al verlo con la misma mueca y los ojos cerrados.

—¡Escucha! —dijo serio.

"Primero no oí nada y me sentí molesto. Luego escuché una voz lejana:

—Uuuh, uuuh —decía el viento.

"Unas rachas alborotadas pasaron cerca de mí:

—¡Qué cosquillas hace la hierba! —se susurraban unas a otras y se reían mientras continuaban su viaje sin fin.

"En las hojas de los árboles el viento entonaba un arrullo, y aullaba al rozar en la loma, porque las rocas y la manigua le desflecaban la piel. Se escuchó el trino de un pájaro, luego de otro y en seguida se multiplicaron como gotas en un aguacero. También surgieron los chirridos de los insectos, el crujir de la hierba arrancada por las vacas, el andar atareado de las hormigas, los pasitos del agua sobre las piedras. Todos los sonidos iban entrando en mí, y me sentí repleto.

"Aquel día yo notaba al abuelo distinto. No tenía su sonrisa acostumbrada; debajo de los ojos se le anchaban las ojeras. Sus arrugas parecían más hondas y su vista estaba herida por un dolor oculto. No obstante, siguió diciendo:

—Anda, quítate los zapatos.

"Apenas me había zafado los cordones y ya mi abuelo estaba fuera de sus botas. Se alejó unos pasos del tronco del árbol y apretó el pasto con los dedos de los pies. Al seguirlo sentí el crujido de los granos de tierra. Luego el contacto con la hierba me causó un escalofrío, podía notar el roce de cada hoja al doblarse. Una hormiga corrió sobre mis dedos. Un caracol se arrastraba sobre una raíz y sentí que el mundo se estremecía.

"Nos acercamos a unas reses. El rebaño pastaba sin preocuparse de que las horas pasaban por aquel paraje. Abuelo se aproximó despacio a una vaca, ella alzó la cabeza, lo miró sin pestañar y volvió a inclinarse. Él le rozó el lomo y la vaca movió las orejas y el rabo, lo miró de nuevo y se estuvo quieta. El viejo me llamó:

—Acércate y pásale la mano. No tengas miedo. Ya sabe que no vamos a hacerle daño.

"Yo apenas deslicé las yemas de los dedos sobre el pelo; luego apoyé la mano y sentí el calor del animal y la fortaleza de su cuerpo. Sin dejar de mover la boca ella seguía nuestros movimientos con una calma que podía sentirse a través de su piel.

—Asómate a sus ojos —susurró abuelo.

"Mientras observé los abismos redondos de su mirada el tiempo se detuvo y me resultaba inútil decir cualquier palabra. Me pareció que veía por primera vez. Las formas de las ramas y de las nubes despertaron para mí. En el oleaje de la hierba mis pupilas captaban infinitos puntos luminosos. En dirección al arroyo eran aún más vivos los destellos, como un sarpullido de luz en la piel del agua.

"Abuelo se dobló un poco, se llevó una mano al pecho y con la otra señaló al árbol en cuya sombra habíamos estado:

—Voy a quedarme allí. Tú debes regresar. Piensa en mí cuando quieras verme.

—Pero abuelo, aquí en esta soledad te vas a morir...

"Otra vez detuvo mis palabras con una acrobacia de su mano. Le costaba trabajo respirar.

—Quien se ha asombrado con la vida no puede morir. Quien ha temblado de emoción ante algo bello, vuelve una y otra vez. ¿Dónde vamos a dejar todo lo hermoso que hemos visto? ¿Dónde dejaré yo el olor de la tierra y el mugido del buey que abrió conmigo el surco, y el chirriar de la carreta, y el cariño rudo de mi padre, y la caricia blanda de mamá?

—¿Quieres decir que te quedarás aquí para siempre?

—No, ni la vida ni la muerte son para siempre. Cada flor tiene motivos para ser eterna, y aun así, desaparece; ellas no quieren que tengamos por simpleza su perfección.

"No entendí sus palabras; pero fue suficiente con oírlas. Así fue como aprendí a sentir el mundo que me rodeaba. Abuelo desapareció; pero tal como me dijo, cada vez que pensaba en él conseguía verlo. Tú tienes suerte, Cunene, ya eres capaz de oír, sin que nadie te enseñara.

Papi terminó escurriéndose las lágrimas y yo me apreté contra su pecho. Desde ese momento me sentí del tamaño de un árbol. Había crecido por dentro.

La casa enferma

Había llegado el verano, la casa no lucía sus tonos de azul y blanco propios de la estación; pero no estábamos preocupados, pensábamos que era solo un retraso. Yo me iba con otros muchachos al río desde la mañana; o al terreno de pelota. Volvía a casa a la hora del almuerzo y luego otra vez al río, o nos íbamos al monte, a jugar a la sombra de los árboles.

Una tarde, al regresar, encontré que la casa no paraba de rascarse. Desde los aleros le corría el sudor. Todos estaban en el patio, pensando en la causa de aquella picazón. La casa a veces se recostaba al tronco de un árbol para restregarse o se revolcaba en la tierra. Al caer la noche, se alivió y nos fuimos a dormir.

Al día siguiente revisamos su cabeza por si había cogido piojos; pero el guano estaba limpio. Descartamos las picaduras de hormigas porque ellas estaban muy ocupadas en recorrer el patio en busca de frutas y de insectos. Después se nos ocurrió que el perro le hubiera pegado las pulgas; sin embargo, las pulgas aseguraron que querían mucho al canelo y no lo abandonarían ni por la mejor casa del mundo.

Entonces debía ser un problema circulatorio. La casa se estaba poniendo vieja y el corazón no bombeaba bien la sangre a todos los rincones. Consultamos a un casólogo y nos aconsejó que le diéramos una aspirina diaria. Aunque no hizo falta, pues al mediodía, en el momento en que la casa empezó a sudar, en todo el entablado salieron unos puntos rojos y la casa se volvió como loca de la picazón. Le había salido un sarpullido por causa del calor.

La bañamos bien y mima le echó talco durante todo el verano y ya no tuvo más problemas.

Pájaros y versos

Cuando a Júnior no le quedó ningún espacio donde colgar sus palabras, estas formaron una bandada de pájaros y escaparon.

De la mañana a la tarde él los perseguía con un jamo. Papi lo enseñó a preparar lazos y jaulas de trampas, porque mi hermano estaba muy desconsolado.

Palín propuso hacer tirapiedras para acabar con la bandada; pero mima se molestó. ¿Cómo íbamos a matar así las palabras de Júnior? En vez de eso, ella nos pidió que buscáramos papel en blanco y nos dio instrucciones. Hicimos muchas casitas de papel y las subimos a los árboles del patio.

El sol iba rodando cielo abajo cuando escuchamos la algarabía de las aves, que regresaban para dormir. Descubrieron las casitas y no pudieron resistirse. Entraban en ellas por montones y luego no podían salir, porque el papel es como un imán para las palabras. Después recortamos las hojas, las pegamos y formamos un libro de poemas.

Esa noche estuvimos levantados hasta muy tarde y ni siquiera el perro canelo bostezaba. A Júnior le brillaban los ojos mientras leíamos sus versos. El patio y el jardín se mantuvieron todo el tiempo asomados por las ventanas. Al final cada uno escogió su poema preferido. A mí me gustó mucho este:

¿Qué piensa al amanecer
el caracol del pantano?
Ya no sale de la casa
ni conversa con los patos.

¿Pensará en una permuta
o está enfermo de catarro?
No le interesan las rosas
ni los botones de mayo.

Lo cierto es que el caracol

calla desde arriba abajo

una palabra de amor

que escuchó desde temprano

a una paloma que iba

con un palomo del llano.

Patios que se ponen viejos

Me apenan los patios abandonados, casi sepultados por montañas de tarecos, implorando un poquito de aire y de sol. Hay otros con los huesos afuera, de tanto que los han escarbado y ya no tienen fuerzas ni para echar un retoño.

Los patios tienen un almacén de ganas de vivir; pero envejecen si se les maltrata o se les olvida. Hasta pueden convertirse en un extenso cadáver, sin otro asunto que dormir su larga siesta de olvido.

En la parte de atrás del nuestro, en un lugar alto y pedregoso, había un patio que siempre tenía una diversión de anones, aguacates, naranjas, y, pegado a la tierra, una sonrisa de tomates, o de lechugas y repollos, cebollas, ajos... El dueño lo regaba por las mañanas y las plantas mojadas avivaban el color y sacudían sus aromas. Desde la cerca yo olía el regocijo de aquellas plantas y el corazón se me ponía a brincar de gajo en gajo como un tomeguín.

Un día el dueño murió y el patio quedó en el abandono. Las hortalizas desaparecieron entre la hierba, y después la hierba se disolvió en la tierra reseca. Los bejucos cubrieron los árboles y los secaron; luego los bejucos también se secaron y se volvieron esqueletos oscuros. El patio llegó a ser un paraje donde el viento pasaba aullando de miedo.

Yo le tiraba semillas por encima de la cerca para que la vida volviera; pero las semillas, sedientas y horrorizadas de tanta soledad, daban un brinco y volvían a nuestro patio. Aquel pedazo de mundo estaba muerto.

Entonces se me ocurrió hacer un reloj de sol para engañar al tiempo. Coloqué las piedras junto a la cerca, esperé a que las sombras se acomodaran en su sitio, y les di vueltas hacia atrás. Eso hay que hacerlo solo en casos extremos y en un momento en que no haya nadie por los alrededores, para que las personas no se alarmen al ver el tiempo correr de espaldas. Luego de darles muchas vueltas, al otro lado de la cerca apareció nuevamente la alegría de hortalizas y frutas. El dueño regresó también; traía la manguera para regar la tierra. Aproveché y le dije que cuando él no estuviera, su patio pedregoso moriría de sed; que debía abrir un pozo.

Él se puso muy triste al imaginar su patio moribundo. Abrió el pozo tan rápido como pudo, y le puso una roldana, una soga y un cubo. Entonces yo volví a echar las piedras del reloj adelante, hasta la hora que correspondía. Del otro lado de la cerca otra vez faltó el dueño; pero el patio estaba contento, pues al tener sed, se halaba unos cubos de agua del pozo y bebía con un estruendoso glogloteo.

A nuestro patio no le iba a suceder nada de eso; pues desde hacía mucho yo tenía preparada sus maletas para que al llegar el momento, se fuera con nosotros. Papi decía que lo que uno ama nos acompaña para siempre.

La última extrañeza

De cuantos ocurrían en la casa, la extrañeza que más me gustaba sucedía al amanecer. El sol pasaba una mano a través de una rendija en las tablas y dibujaba en mi mosquitero. Estampaba la calle de enfrente con las personas que subían y bajaban. Era un dibujo vivo, lleno de resplandor y movimiento.

Una mañana de sábado, mientras la casa se pintaba de negro para esperar los días fríos, sobre la tela del mosquitero se dibujó todo el barrio, con un ajetreo semejante al de un hormiguero revuelto. Las casas se despegaban de la tierra y reventaban como burbujas; entonces otras, menos alegres, aterrizaban y ocupaban sus lugares. Las esquinas se cambiaban los nombres. En las avenidas ya no cabían los ruidos. El sol, detrás de nubes de humo, parecía un viejecito enfermo, asomado al cristal sucio de una ventana. El aire arrastraba con disgusto sus greñas polvorientas.

En el centro de aquel revuelo, me vi a mí mismo, sentado en un parque; las botas me habían crecido y tenía un bigote pegado a la cara. Espantado, corrí a mi hogar; pero ningún portal se parecía al mío. En el sitio donde vivía encontré una casa extraña: no había jardín; las paredes de ladrillos no tenían un huequito por donde cupiera un dedo del sol; el techo estaba plano como el piso, sin cujes, sin caballete, sin las pelusas del guano; la puerta estaba firmemente cerrada y las ventanas no eran de hojas, sino tablillas interpuestas entre la mirada y el paisaje. Sin embargo, el número de la vivienda era el de siempre. Golpee la puerta y nadie respondió. Aquellas paredes parecían encerrar oscuridad y aburrimiento. Seguí dando golpes y dos hombres vestidos de negro se me acercaron por la espalda, se pararon tiesos en el último escalón y uno de ellos dijo con voz de trompeta:

—¿Usted se ha propuesto destruir esta vivienda?

—¿Dígame, de qué manera mi casa se transformó en algo tan duro y feo? ¿Quién se atrevió a hacer esto sin mi permiso? ¿Dónde está mi familia?

—No vuelva a gritarnos, porque podemos llevarlo preso. Esta casa, como todas las demás, fue desembrujada, y no necesitamos permisos para hacerlo: ya no se permite nada sobrenatural. En cuanto a su familia, es raro que la mencione, pues desde hace mucho tiempo usted vive solo. Le aconsejamos que no se atreva a golpear otra vez.

—¿Entonces, cómo voy a abrir?

—Busque la llave en su bolsillo.

Los hombres se marcharon al mismo paso, sin mirar atrás. Me toqué los bolsillos del pantalón y palpé algo duro. Saqué una llave dorada, abrí la puerta y la oscuridad me saltó a la cara. Esperé un momento, di un paso al frente y una lámpara parpadeó en el techo hasta iluminar la sala con una luz cortante. Había muchos muebles; pero yo tenía la sensación de estar parado al borde de un precipicio. El pecho se me apretó por dentro y empujó las lágrimas hacia arriba. Entonces todo se borró y en mi mosquitero volvió a verse la vieja calle con su resplandor y los transeúntes que subían y bajaban.

Me levanté y corrí a la cocina donde mima hervía la leche. Le di un abrazo y pregunté por papi y por mis hermanos.

—Cada cual por su rumbo —contestó.

—Mima, ¿nunca dejaremos que nos cambien la casa, verdad?

—Bueno, no creo que nos cambien la casa; pero no durará para siempre, ¿no te parece?

Después del desayuno salí al portal a contemplar nuestra fachada. Por la calle subían dos hombres que andaban al mismo paso, vestían de negro, miraban las viviendas del barrio y comentaban sobre ellas con mucho interés. Uno de ellos tenía voz de trompeta.

Como era sábado y no tenía que ir a la escuela, pasé el día hablando con los espíritus de los árboles que vivían en las tablas, con el espíritu que moraba en el guano y con todos los seres que habitaban con nosotros. Luego pedí el último milagro.

El lunes, como de costumbre, nos levantamos temprano. Ninguno se había marchado aún, cuando oímos un ruido en la calle. Al asomarnos vimos a varios vecinos reunidos y a dos hombres parados al frente. Apuntaban a nuestra casa con extrañas herramientas. Papi salió a preguntar y uno de ellos dijo trompeteando:

—Ciudadano, tenemos órdenes de desembrujar esta casa. Dígales a los demás que hagan el favor de salir.

Mima y los otros quedaron sorprendidos; papi no sabía qué hacer. Entonces yo azoré la casa con unas palmadas y ella levantó el vuelo con nosotros adentro, como una paloma que escapa de la puntería de un cazador. Al lanzarse al aire, agarró al patio por una mano y lo lleva colgado por estos rumbos, que seguiremos siempre juntos.